JN170229

ヤマト・アライバル

YAMAT ARRIVAL

Hisa Kagawa

香川ヒサ歌集

短歌研究社

ヤマト・アライバル＊目次

装画　Thomas Girtin
「The White House at Chelsea」

ヤマト・アライバル

星の友情

日盛りの丘の上より下り来てどこか遠くから帰つたやうだ

やはらかき草生に束の間置きし影連れ歩み出すアスファルト路

駒鳥の囀り聞けば灌木の茂みにその後沈黙のあり

Cock Robin 誰が殺した　歌ひつつ Cock Robin を殺したのだらう

なつかしき感じの家の赤き屋根白壁の家の住み人知らず

行き過ぎる時に輝くガラス窓　ひつたりと閉ぢられてゐるから

薔薇あまた咲く前庭に注がれて主の眼差し溢れてゐたり

美（は）しき薔薇咲かさむと良く手入れする限り汚れる手にてあるべし

すべり台ぶらんこのある遊び場を鉄柵に囲むシステムありて

遊び場に母親たちは連れて来る二十一世紀に生まれしものら

二十世紀初めに生れしものたちもまだ乗せながら地球は回る

駆けまはる子ら散策をする老人　全ての動き時の中なり

十年後あの子らを見てもわかるまい太陽はすべて変へてしまへば

目的を持たざる宇宙その中で一本一本白髪になりゆく

もはや日は傾き始む　全能の神にとつても地球は丸い

人として私はありうつすらと他者の記憶に入り込みつつ

日を集め空に立つ塔この街に影を落とせり建てられしより

この街の塔の高さを知りたくばこの街を立ち去らねばならぬ

次次に魚料理店あらはれぬ魚料理店ならぬを探せば

日日の糧並ぶ市場に聖書にもありし魚パン無花果葡萄

売り買ひする人らを隔てひんやりと氷の上に魚類しづか

パンのみに生くるならねど香りつつ籠にふくらむパンの明るし

パンのみに生くるにあらぬ悲しみのレーズンパンあり胡桃パンあり

灯の点る古書店　だれかの人生をどこかで変へた一冊もある

古書店に本選びつつ自づから選ばれゆかむ一冊の書に

誰の手も拒むことなき本なれば運ばれ来しか時空を越えて

革張りの書の天金の眩さは一つであつた世界の輝き

本の森のどこに隠れてゐる言葉「ただ精神のみが精神を知る」

詩を読むに強い光は要らなくて朗読会に耀ふ言葉

星座持つ人ら集へりひさかたの星の友情信じてみよう

判断

この国にバブル経済ありしこと遠くきらめくガラスのビルは

百年をかけ建てられしビルならねガラスしづかに入り日をたたふ

高速道路下りて市街に入るあたりあまたの車は呼べり車を

自然渋滞　自然すなはち人間の説明できぬ行動のこと

すべての道ウォール街に通じゐる西空に一つ光る夕星

この国のグローバル化は端的にソブリン格付けまた下がりたり

行く人に女の差しだす紙コップ白く完璧な絶望はない

富裕層一パーセント　一様にあらぬ残りの九九パーセント

グローバルな視点に立てば人類は見た目で判断する外なくて

闇が濃くなりゆくばかり眠らむとする者は部屋を暗くするから

暖炉の火見つつ見詰める私の在らず暖炉と燃ゆる火のなく

寂しくてサバンナの象思ひつつ人は平均寿命延ばせり

薪の火はふたたび世界を温むることあらざれば美しく燃え

明日にはまだ輝いたことのない許多(あまた)の曙光の一つ差すべし

足早に行く通勤者　善悪が入れ換はつても人は働く

昨夜見た女の差しだす紙コップ中の小銭は空けられてゐる

新しき光の下に万象が新しくならば怖ろしからむ

空一枚めくれば干潟広がれり自然のままに汚れてゐたり

花あまた咲かせて庭に立つ人の囲まれてをり花の名前に

死に近き茂吉の見たる梅の花ゴッホの見たるアーモンドの花

石段を下りて来た人すばらしい所だつたと天を指さす

丘の上に城なく城を建てた人なくて残れり海の眺望

芝草を踏みて歩めば根元より滲み出て来る水も踏みたり

刈られたるばかりの芝の匂ひたつはつか重油の香の混じりつつ

海風の吹き払ひしはこの丘に映像博物館建つとふ噂

断崖に果つる草生に柵低く隔ててゐるもここそこを

鷗率て底引き網漁船わたつみの排他的経済水域を行く

どの国の船にも付いてゆくならむ鷗きらきら光返して

海原をやって来るものこの丘ゆ差すいく本の指ありにけむ

真実はいつも遅れてやつて来る遠く望める眼差しあるとも

肯定

朝まだき冷気の中よりあらはるる霜を置きたるかたちあるもの

日の差せば濃淡生れて朝霧の動き出したり明るみながら

枝の間を移りつつ鳴く鳥影の鶫となりて空へ入りたり

篠懸の根方に厚く積む枯れ葉一樹の落としし葉のみにあらず

芝原に降りたる霜のきらきらと溶け出してゐる新しい朝

太陽の暖めてゐる世界にて漠と理解す在るとふことを

完璧な世界であらう私の眠り私の不在なる夜は

朝朝のパンとミルクと蜂蜜と　夢の間に年重ぬといへど

絶え間なく意識の流れ下りゆきこはいさみしい　夜の夢もまた

不完全な世界の切り口あかあかと画面にＴＶニュースが流る

落書きは壁を汚せりキリストを描いたとしても壁を汚せり

一切に神神の宿る世界でも新しいもの望まれてゐた

永遠で普遍的なる存在を考へて人は時間が足りない

歩み来る老人の杖緑なす野に羊追ふ杖にあらずも

一つづつ椅子占めながら待つ人らここに来たれりどこかに生れて

早朝の長距離バスの窓際にそのやうな背もて人ら坐れる

バスのドア開きてバスより足下ろし立つた世界を肯定したい

水溜まりところどころにある道を行く私を引き摺りながら

冬空の下ゆく川の水澄めば流れの底にあるものを見す

この街の博物館にある石器どこの博物館にもありて

江戸時代の暮らしなかつたこの街の博物館にあまたの根付

嫁入り本源氏物語コーランの写本と並ぶ極彩色に

赤赤と砂漠映りてしづけさは始まる前か終はつた後か

昼空にかかれる月の白白と月面にいまだ死者の影なく

自然もて克服する悪　歴史もて克服する悪　天仰ぎつつ

丘の上の墓地に人なく誰ひとりをらざるところ我らを待つは

空をゆく雲眺むれば雲越えて見詰めてゐたり空の彼方を

日を浴びて丘のなだりに立つ家の夕陽にならばいく度も燃ゆ

前庭にハーブの花を咲かす人隣の庭に咲かすことなし

灯の下に寄りゆく頃をオリーヴの油注がる聖なる魚に

人

坂道にかかりて急な勾配と見上ぐる坂の上に雲なく

道狭く急坂続く一日中陽あたりのいい家家の間を

人と人こんなに近く住んでゐる互ひに厚き壁を隔てて

ガラス窓に青空映り真昼間の窓は暗しも空映すまで

窓の辺に雲を見詰むる人あらむもの思はずにゐられないから

裏道の石段の石ずれながらずれたるままに石段である

誰にでも開かれた門　誰でもが入るわけではなくて日を浴ぶ

扉開き老女が一人出で来れば後に続かむ数人あるべし

お尋ねはお気軽にとふ掲示板あれば尋ねてみよう気軽に

人のため何かしたい人あまたゐて受付で人に名前書かしむ

解説のビデオ見せられ見てをれば見てゐることを見られてゐたり

この椅子に坐るすなはちその椅子にまたあの椅子に坐らないこと

花活けに挿されて花が未来から抜き取られたる時を咲かすも

フェイスブックに増殖してゆく友達の友達といふ固有名詞が

グーグルマップ航空写真にびつしりと地上を覆ふ固有名詞が

何もかも記録されをり本当に記録すべきが記録されずに

屋外に出れば空あり雲があり　この自然から逃れられない

常緑の寄生木容れて櫟の木に満つる今年の緑のさやぎ

鵜ならいいが鴉は嫌だとは言はぬ樹なるが鵜来てをり

休日は辻音楽師の立つところ硬い舗道を土鳩がつつく

パン屑を撒きつつ人は思ひをり世界を変へる必要がある

パン屑を啄ばむ鳩は眼の前にあらぬ明日のパン煩はず

ショーウィンドウ覗いてゐる人ショッピングバッグいくつもぶら下げながら

人あらぬ宝飾店にしんかんと輝いてをり永久の輝き

老人も子供もしたがる買ひ物をせぬ死者のため花を買ふ人

生きてゐる間はせめて思ひたい他の生き方あるかもしれぬ

動物の居る物語　動物の居ない物語　どつちを選ぶ

足元の影長くなる夕暮れに昼間を判断してはいけない

肥満ランキング一一八位の日本に夕陽落ちゆく膨らみながら

来し方をさながら夢に日の名残り湛へしづかに流れゆく雲

出現

駅出でて入る冬の街灰色のしかも輝く歴史はありぬ

昨日の夜の風に簡素な影となり欅立ちをり旅終へしごと

一切は通り過ぎれば詩になるか大洪水も大震災も

あり得たかもしれないことはけしてもうあり得ないこと　断雲（ちぎれくも）飛ぶ

街路樹に一声啼きし大鴉飛び去りてゆくここではないと

降り出した時雨の雨を遠ざかる知らない人の後ろ姿が

足早に人ら行き交ふ街角に影より静かに彫像の立つ

バスを待つ長き列あり持続する時間あらはな形となりて

雨脚が街の夕闇に吸はれゆき言ひたいことは言へないことだ

泥踏みて来しにあらねどどろどろはドアマットもて刮げ入るべし

重たいが自分で運ばねばならぬ袋の中身は私だから

扉押し光を踏めば現るる自分の影につと躓けり

外出（そとで）より戻り必ず手を洗ひより小さい悪選択する日日

私の机見やればパソコンが先回りして待ち伏せしてる

削除済みアイテム今日の二〇〇〇件消したものとして現れてゐる

「良いことは何もない。」とふ書き出しの小説に在るいろいろなこと

読み終へて本を閉ぢれば作中の人らそのやうに在る外はなく

サイコロを振るのは神で在ることを与へられつつ在るこの世界

在ることと在るものの差は端的に在るものは在る在ることは在らぬ

屑籠に紙の溢れて部屋隅に棄てたものとして現れてゐる

迷はずに遣つて来る祖母この街に眠るあまたの眠りのひとつに

木の床の奥まで光届かせて音もなく昇り来る太陽

隅隅にピントの合つた映像に大気汚染にて翳む街見ゆ

偏西風吹いてる限り硫酸塩エアロゾル来るまた黄砂来る

十九世紀英国の空　ターナーに描かれし黄光赤光の空

ターナーの黄色に空は輝けり闇から創造された光に

彼の時の倫理のもとにジャマイカの農園の株買つたターナー

蒸気船蒸気機関車の速度もて十九世紀の時間行きけむ

出で来れば広場に鳩が増えてゐる知らぬ間に来るメールみたいに

徒歩または馬にて旅をした頃にたつぷりあつた考へる時間

必然

山際に雲の輝くひとところ生るるすなはち明けわたりたり

夜すがらの風に落ちたる枝葉などなかつたやうに立つてゐる木木

武蔵野をゆくごとくゆく透明な光が冬の木の間にありて

深深と地に立つ木にはあらざれば立木のポーズしてみるしばし

雉鳩の声と見上ぐる木の梢に嘘のつけない雉鳩の見ゆ

どこにでもをりて何とも思はれず存在してゐて鳩なれば飛ぶ

人の世を目に映しつつ鳩のゆく歴史の外の澄みきつた空

バス降りし人ら足早に歩み去る今日の光に呼ばるるままに

きららかなスイーツ売り場きさらぎの真剣勝負のチョコレートたち

チョコレート指差しながら選びたる私どつさりトレイの上に

マルセイユ石鹸買ふと付いてくるセージの種はすぐ無くしさう

「緩やかに景気は回復してゐる」と「しつつある」との差ほどのおまけ

経常収支赤字で日本経済は危ないといふ説もまたある

大震災直後円買ひ仕掛けしをグローバル市場経済と言ふ

ともかくもこのやうな中に生きてゐてＮＩＳＡで株を買ひたり今日は

夕暮れのプラットホームに並びをり冷たい雨を歩み来し脚

冬の雨雪に変はりてパーティがどこかで待つてるやうな夕暮れ

わが街に大雪降れり誰が丘の霾(おかみ)に言ひて降らしめし雪

雪雪雪そして大雪　空港も高速道路も雪は知らない

事における必然的なものが美で今はゴム長雪ではなくて

キャスターの音響かせて雑踏の中を行き行く無言のままで

一人旅する時に聞く人の声すべての声が大きく響く

人間に自由をもたらし人間をおびやかすもの　言葉言葉言葉

移民船の騒めきと波の音を聞くアリス・マンロー読み継ぎながら

何一つ持たず国から出ていった人の運びし故郷の言葉

あつた通り受け止めてただ草むらに影を落として行つた人人

出来事と時間が存在するだけかどの人生も過ぎてしまへば

わかることわからぬことのあはひにて読む小説に立つ林檎の木

山の上に暗くなりつつ集ふ雲思はぬ迅さに下り来たりぬ

吹き荒るる北風を聞く部屋内に白紙の束いとしづかなり

火

明日へと急ぐならねど夜の闇を貫き走る高速道路

夜の霧を分けながら行く現在を超え新しき朝はあるべし

一日の光の中を抜けて来つ　善ならざるは悪なり全て

あれこれと入れてすつかり膨らんだ私をドアに挟んでしまふ

メール開けメール受信しメール書く私の身体置き去りにして

肘掛椅子に旨寝したれば傾きてぽろぽろ今日の光がこぼる

ストーヴの中に炎を上げてゐる燃え盛る火と燃え尽きる火が

燃え上がり燃え盛り燃え退る火を見てをり水の流れ見ること

火を見つつ思ふ思想は感覚の影なれば常に暗く虚しも

ストーヴを掻きてひつくり返す薪　一度燃ゆれば再び燃えず

生くるため不可欠なものにありし頃一丁の斧美しかりけむ

何十年使ひ込みたる斧持たず斧のやうなる言葉を持たず

夜の空にオリオン輝く星と星結び直線引きし人ありて

巨き星見し夜の夢に一匹の羊が柵を跳びたり白く

私はここを動いてゐないのに春の雲置き今朝の空あり

ほのぼのと春こそ空に　春の鳥飛ぶには春の空間が要る

人類の歩き続けし先端を人ら歩めりどこかに目覚めて

木木の間に人を歩かせ歩かない木木は木の葉を降らしたりする

木木の間に注ぐ日光に明るみて林は冬の時間を在りき

ひと冬を越えて立つ木木　橅の木の裸木は橅の木の形して

浅みどり裸木の幹にけぶる見ゆ　最も遅れて季を知る人

冬蔦が裸木に絡みざわざわと地球に蔓延(はびこ)る緑濃ゆしも

遠山に発電用風車まはりをり風車は遠くにまはるがよろし

発電用風車まはればまはりつつ光と影を散らしてをりぬ

音もなく降り出した雨すぐ止めど雨に濡れたり夢にあらねば

道路沿ひに廃線の線路走るなり鉄道沿ひに道路造られ

鉄道に運ばれて来た鉄道草茂る廃線の線路に沿ひて

もう汽車の通ることなき廃線の線路を通る虫、獣、人

行き止まりの石置かれたる廃線の線路の先に獣道続く

行き着けぬものとしなりぬ雲居立つ岩山カメラに収めてしまへば

この冬のどこかに落としし手袋を思へり指を火にかざす度

有限

上空より見た街の灯のきらめきを思へり部屋に灯を点す時

一日中空を飛んでたやうな日だ自分の部屋にゐただけだから

旅行鞄開ければ明るい灯の下に露はになるか私の正体

スーパーの袋に詰めた日常がトイレットペイパーくらゐ嵩ばる

ペット用ホテル病院美容室働く犬のゐないモールに

麻薬犬災害救助犬警察犬帰りに一杯やることもなし

善悪を知らない犬を曳いてゆく善悪を知る老若男女は

教皇の復活祭のメッセージ　言葉は善も悪も知らない

復活祭の卵の形のチョコレート割れば生まれぬ今日の私が

フライパンの縁に卵を当てて割る一生に食べる卵のひとつ

蜂蜜とパンとミルクに朝餉して日日生きながら罪を犯すも

斑鳩の啼く日と啼かぬ日とありて低く車の音する林

金鳳花咲きゐしところ花過ぎてただの緑の生ひ茂りをり

枯れた葉も折れたる茎も混じりつつ緑なす野の緑深まる

一輪車押して土運びせぬままに育てるバジル申し訳なささう

私が私であるためにまたＩＤとパスワード作れり

名前書きロッカーキィを受け取りぬ気付いた時には持つてゐた名を

持ちものを入れたロッカーの鍵ひとつ手首にかけて入る温水

受付の若きは知らじ飛ぶ鳥の80年代の温水プール

幾度にも幾度にもなりて渡来せるディズニー映画戦後日本に

'Let It Go' ありのままでと訳されて花粉のやうに広がつてゆく

自分史でさる一件を黙秘してゐる私もありのままなる

みな人の知つてゐることみな人の知つてゐるゆゑ隠せると思ふ

国家元首大統領のメッセージ　言葉は誠も嘘も知らない

ＧＤＰ成長率とインフレ率　人は測れり有限のもの

これまでと結論下すその時しどつと世界のどこか崩れる

朝ごとに光の中に目覚むれば人は続けむ科学革命

窓の辺のガリレオ温度計にては計測不能の夏に入りゆく

夏雲の立ち渡りつつ雲の間に天空の城現れさうだ

天空の城も城なれば滅びなむ滅びの呪文あつてもなくても

庭

フランス窓開け放ちたれば夏の庭しんと広がり父歩み来る

かげろふを置いて駆けにし戦かな　父か刈りゐる平成の庭

雲ひとつなく八月の太陽の熱核融合反応続く

木香薔薇枯らしてしまふ太陽は木香薔薇を咲かせたばかりに

樹の間より入り来る風がぺらぺらと日曜版を読み飛ばしたり

この朝に生れたる蟬もこの夕に墜ちなむ蟬も鳴きをり在りて

汗臭き少年も犬もあらなくて庭にはびこる時間の蔓は

飼ひ主を選べない犬隣家に飼はれたかつたと思つたことある

隣家の芝生の青さ思ふ時眼には緑の光宿らむ

生垣の上をしづかに蝶が飛ぶ神の憂鬱こんなところに

部屋隅にワインセラーが低き音立て遠来の客あるごとし

肘掛椅子、サイドテーブル、額の絵と嵩高き父の遺したるもの

一生かけ磨き続ける銀食器あらぬアイランドキッチン明るし

マグカップ洗ふ水音イグアスの滝の水音地球にありぬ

青天の向う側には『百年の孤独』を生みし南米大陸

ワールドカップブラジル大会ボール蹴る人生激しくぶつかつてゐた

午後の日に夏草光り帆を張りて二十一世紀を過ぎゆく時間

個人情報漏洩せしとふ保護すればするほど情報漏洩すべし

暗黙の了解通用せし頃の結社の写真に男多けれ

暗黙の了解通用せぬ時代お勧めはコクヨ遺言書キット

信仰と関はりのなき日曜の出先に出会ふ Amazing Grace

アイザック・ニュートンを祖としジョン・ニュートン「驚くほどの恵み」歌ひき

彼の時の倫理のもとにジョン・ニュートン奴隷商人にて宣教師

道徳的地球も丸くせむとして幾度も宣教師渡来す

草や木を庭に植うるは草も木も人を裁かず許しもせぬから

八月の最後の週の雛菊に休暇を取らぬ蜜蜂来てをり

ヤマト・アライバル

朝曇り青天となり現れた機影がヤマト・アライバルに入る

全能の神ジュピターが雷を落としたがつてるやうな青空

山の上に夏雲立てり　みな人がリスクと思はばリスクならざる

太陽の無数の命生む力無数の命滅ぼす力

タレスの水ヘラクレイトスの火　万物の起源は洪水山火事起す

幼児は恐竜展に行きたがる滅んだことを知つてゐるから

恐竜のポーズを取つて立つ骨の骨と骨との隙間が広い

コメニウスの絵入り教科書『世界図絵』竜は息吹きで殺すと教ふ

龍の鼻毛またドラゴンの臭い息あはれ空想にモデルありけむ

気短かなばかりに面倒引き受けるドラゴン退治の英雄たちは

左右の手に袋重たく差しかかる広場に群れる身一つの鳩

人間が自由になること人間から自由になること　逃げ水逃げる

日傘差し坂を上れば炎天下墓は立ちをり立つ外なくて

バグパイプ練習をしに古墳まで　友の投稿届く立秋

四十雀斑鳩黄鶲来る森に今朝は小啄木鳥が声を降らせり

羊歯の群さやぎ羊歯の香立つごとし腐葉土香る遊歩道ゆく

苔むした倒木転がりこの森に大樹倒しし力は潜む

緑陰を流れ来し水何もかも忘れて落ちる瀧となりたり

少年の百年前に見た瀧が落ち続けをり詩集の中に

梢から鳥の見てゐるこの世界心の目でなく鳥の目をもて

選り抜きの人のみ絶望できるとふ　八月二十五日ニーチェ忌

フリードリヒ・ニーチェの流行る日本に流行るフョードル・ドストエフスキー

馬ゆゑに馬齢重ぬることあらずニーチェの馬も茂吉の馬も

「ウィニー」の開発者また競走馬　戦死報じてニュース華やぐ

獲物よりゲームの好きな人間が虹鱒放つ遠くの湖に

去年の夏見た虹鱒がきらきらと側に来てゐる届かないのに

きゃりーぱみゅぱみゅのぱみゅぱみゅの意味不明ゆゑ世界の果てまで運ばれてゆく

枝先に林檎明るくそれぞれの高さに揺れて風の行きたり

鹿肉のシチューと林檎のパイ包み　秋のメニューの料理教室

いく度も着陸すれど着地せぬ心のために大地あるべし

あとがき

『ヤマト・アライバル』は、『The Blue』に続く第八歌集である。「短歌研究」誌の「作品連載」に平成二四年八月号から二六年七月号まで掲載された二四〇首と三〇首前後の連作二編とを合わせた二九七首から成る。「作品連載」がなかったらこの歌集は生まれなかっただろう。機会を与えて戴いたことに心より感謝申し上げる。

「ヤマト・アライバル」とは、航空機が大阪国際空港へ着陸する際に奈良上空方面から到着する経路である。生駒山上空に現れた機体が高度を下げつつゆっくりと大阪平野を横切って行くのが、我が家のベランダからよく見える。夜空に一定間隔で整列した到着機の灯は殊に美しい。最近は広域航法による到着経路が運用されるようになり、「ヤマト・アライバル」という名称は使われなくなったが、どこか懐かしい名を記憶に留めたく歌集のタイトルにした。

二〇〇九年からアイルランドのゴールウェイとダブリンで、短歌と詩の朗読会、短歌と俳句の朗読会を続けている。この歌集の中の幾編かを朗読会で読んだ。もし今回歌風に変化があったとすれば、その影響かもしれない。朗読会をして思ったのは、本当にあたりまえなのだが、日本人は日本語でできているということだった。

常に温かく見守っていて下さる「好日」の神谷佳子先生と歌友達、また沢山の刺激をくれる「鱧と水仙」の同人達、かけがえのない師と友人のあることを何よりもありがたく思っている。そして、出版にあたっては、短歌研究社の堀山和子氏に全面的にお世話になった。厚く御礼申し上げたい。

平成二七年七月一四日

香川ヒサ

検印
省略

好日叢書第二八〇篇

平成二十七年十一月一日　印刷発行

歌集　ヤマト・アライバル

定価　本体二八〇〇円
（税別）

著者　香川ヒサ

発行者　堀山和子

発行所　短歌研究社

郵便番号一一二－〇〇一三
東京都文京区音羽一－一七－一四　音羽ＹＫビル
電話〇三（三九四四）四八二二・四八三三
振替〇〇一九〇－九－二四三七五番

印刷者　豊国印刷
製本者　牧製本

ISBN 978-4-86272-461-8 C0092 ¥2800E

短歌研究社　出版目録

＊価格は本体価格（税別）です。

分類	書名	著者	判型	頁数	価格	送料
歌集	草鞋	大下一真著	四六判	二〇八頁	三〇〇〇円	〒二〇〇円
歌集	青銀色　あをみづがね	宮英子著	A5変型	二三二頁	三〇〇〇円	〒二〇〇円
歌集	ダルメシアンの壺	日置俊次著	四六判	一七六頁	三〇〇〇円	〒二〇〇円
歌集	風のファド	谷岡亜紀著	四六判	一六〇頁	二八〇〇円	〒二〇〇円
歌集	待たな終末	高橋睦郎著	A5判	二〇八頁	三〇〇〇円	〒二〇〇円
歌集	ふくろう	大島史洋著	A5判	二三二頁	三〇〇〇円	〒二〇〇円
歌集	火光	真中朋久著	A5判	二〇八頁	三〇〇〇円	〒二〇〇円
歌集	かなしき玩具譚	野口あや子著	四六変型	一五六頁	一八〇〇円	〒二〇〇円
歌集	虚空の橋	内藤明著	A5判	二二〇頁	三〇〇〇円	〒二〇〇円
歌集	蓮喰ひ人の日記	黒瀬珂瀾著	四六変型	二二〇頁	二八〇〇円	〒二〇〇円
歌集	北窓集	柏崎驍二著	四六判	一九二頁	二五〇〇円	〒二〇〇円
文庫本	大西民子歌集（増補『風の曼陀羅』）	大西民子著		二一六頁	一八〇〇円	〒一〇〇円
文庫本	馬場あき子歌集	馬場あき子著		一七六頁	一二〇〇円	〒一〇〇円
文庫本	島田修二歌集（増補『行路』）	島田修二著		二四八頁	一七一四円	〒一〇〇円
文庫本	塚本邦雄歌集	塚本邦雄著		二〇八頁	一七〇〇円	〒一〇〇円
文庫本	上田三四二全歌集	上田三四二著		三九二頁	二七〇〇円	〒一〇〇円
文庫本	春日井建歌集	春日井建著		一九二頁	一九〇〇円	〒一〇〇円
文庫本	佐佐木幸綱歌集	佐佐木幸綱著		二〇八頁	一九〇五円	〒一〇〇円
文庫本	高野公彦歌集	高野公彦著		一九二頁	一九〇五円	〒一〇〇円
文庫本	続馬場あき子歌集	馬場あき子著		一九二頁	一九〇五円	〒一〇〇円
文庫本	前登志夫歌集	前登志夫著		二〇八頁	一九〇五円	〒一〇〇円